소원이 이루어지는 길모퉁이

SEOUL, 2018

소원이 이루어지는 길모퉁이

초판 제1쇄 발행일 2018년 4월 30일
초판 제4쇄 발행일 2022년 3월 20일
글 오카다 준 그림 다나카 로쿠다이 옮김 김미영
발행인 박헌용, 윤호권 발행처 (주)시공사
주소 서울시 성동구 상원1길 22, 6-8층 (우편번호 04779)
대표전화 02-3486-6877 팩스(주문) 02-585-1247
홈페이지 www.sigongsa.com/www.sigongjunior.com

願いのかなうまがり角

Text copyright ⓒ 2012 by Jun Okada
Illustrations copyright ⓒ 2012 by Rokudai Tanaka
Korean translation copyright ⓒ 2018 by Sigongsa Co., Ltd.
All rights reserved.
First published in Japan in 2012 by KAISEI-SHA Publishing Co., Ltd., Tokyo
Korean language translation rights arranged KAISEI-SHA Publishing Co., Ltd., Tokyo
through Japan Foreign-Rights Centre/Shinwon Agency Co., Seoul

이 책의 한국어판 저작권은 Japan Foreign-Rights Centre/Shinwon Agency를 통해
저작권자와 독점 계약한 (주)시공사에 있습니다.
저작권법에 의해 한국 내에서 보호받는 저작물이므로 무단 전재와 무단 복제를 금합니다.

ISBN 978-89-527-8669-2 74830 ISBN 978-89-527-5579-7 (세트)

*시공사는 시공간을 넘는 무한한 콘텐츠 세상을 만듭니다.
*시공사는 더 나은 내일을 함께 만들 여러분의 소중한 의견을 기다립니다.
*잘못 만들어진 책은 구입하신 곳에서 바꾸어 드립니다.

소원이 이루어지는 길모퉁이

오카다 준 글 · 다나카 로쿠다이 그림 · 김미영 옮김

시공주니어

◆ 차례 ◆

구름 위에 갔다 온 이야기

할아버지는 아빠의 아빠. 지금은 우리 집 근처에 있는 아파트에서 혼자 산다.

나는 거의 매일 할아버지 집에 가고, 할아버지도 늘 우리 집에 와 있다.

엄마는 이렇게 말했다.

"차라리 함께 사는 게……."

할아버지가 웃으며 대답했다.

"아니, 이 정도가 자유롭고 딱 좋아."

할아버지가 사는 아파트 창가에서는 산이나 들 같은 자연과 동네가 잘 보인다. 같은 창가에서, 산도 보이고 바다도 보이니까 이곳은 가장 좋은 자리인 일등석이다.

그날도 학교가 끝나고 (아, 나는 초등학교 3학년이다) 할아버지 집에 갔다. 그리고 둘이

창가에 서서 비가 내리는 걸 봤다.

가까운 곳에서 내리는 비는 잘 보였다.
하지만 먼 산과 바다에서 내리는 비는 잘
보이지 않았다.

나는 할아버지에게 물었다.

"여기만 비가 내리는 걸까?"

"아니, 멀어서 잘 안 보이지만 산이랑
바다에도 내리고 있어."

할아버지가 대답했다. 그러고는 뭔가
생각났다는 듯이 이어 말했다.

"바다에서는 새끼 고래가 마을이나 산에도
비가 내리는지 궁금해서 할머니 고래에게
물어본대."

"그럼, 산에서는?"

"산에서는 새끼 멧돼지가. 너도 본 적 있지?
그 새끼 멧돼지가 '마을이나 바다에도 비가
내릴까?' 하고 형 멧돼지한테 물어보지."

"흠."

우리는 한동안 더 비를 바라보았다.

"비는 어디에서 내려?"

"하늘 위에서지."

"하늘 위에는 뭐가 있어?"

"구름이 있지."

"구름에 누군가 살고 있다면, 재미있을 텐데."

내 말에 할아버지는 오우, 하며
나를 보았다.

"그래, 그런 생각을 한단 말이지.
너도 그렇게 생각했다는 거지? 할아버지도
젊었을 때 그렇게 생각한 적이 있어서 빗속을
뚫고 하늘 위로 올라가 보았지."

"어떻게 올라갔는데?"

할아버지는 비밀을 털어놓는 사람처럼
목소리를 낮추어 대답했다.

"헤엄쳐서."

"헤엄을 쳤다고?"

"그래, 맹훈련했지."

"아무리 그래도 그렇지, 빗속을 헤엄쳐서
하늘 위까지 올라간다고?"

"그러니까 맹훈련이라는 거 아니냐. 비가
내리는 속도에 안 밀리게 비를 거슬러서
헤엄치면 구름까지 갈 수 있다니까, 이 녀석아."

"그럼 무지무지 빨라야 하잖아?"

"그렇지, 무지무지 빨라야지. 할아버지가
헤엄치면, 손발이 누구한테도 안 보일 정도였지.
아주 빠른 날개처럼 움직였으니까."

"왠지 대단한 이야기일 것 같은데."

"맹훈련한 할아버지는 비가 내리기를
기다렸어. 비가 내리지 않으면 구름까지
헤엄쳐서 갈 수 없으니까. 그런데 하늘도 그런

마음을 알았는지, 비를 엄청나게 내려 준 거야.

할아버지는 한신 타이거즈(일본 프로
야구팀 가운데 하나 : 옮긴이)의 팬이었어.
해수욕장에서나 입던 호랑이 무늬 수영복을
입고, 빗속을 뚫고 하늘로 어푸어푸 헤엄쳐
갔다는 거 아니냐. 하지만 구름이 너무 멀리
있어서 가도 가도 끝이 없었어. 그러는 동안에
빗줄기가 약해지기 시작했지. 빗줄기가
약해지면 비가 내리는 속도도 떨어지잖니.
빨리 헤엄칠 수 있어서 좋았지만, 제정신은

아니었단다."

"왜 제정신이 아니었는데?"

"물이 있어서 헤엄을 칠 수 있었던
거잖아. 비가 그치면 어떡하니?
땅으로 떨어지지 않겠어?"

"그래서 어떻게 됐어?"

"죽을힘을 다해서
헤엄쳤지. 구름에
도착하자마자 비가
딱 그치지 뭐냐."

내가 물었다.

"드디어 도착한 거네!
구름은 어땠어?"

"아니, 그게 말이다, 구름이
뭉실뭉실하니까 손으로 확 잡거나
발을 힘껏 디디려고 하면 마시멜로처럼,
무슨 말인지 알겠니? 이렇게, 아래에서
헤엄쳐 가서 구름을 확 부여잡거나 몸을
구름 위로 끌어 올리려고 해도 여기저기
흩어지는 느낌이었다니까."

"뭔지 알 것 같아."

"알아줘서 고맙구나. 정말 죽을 것 같은

상태로 겨우 구름 위로 기어 올라가서 털썩!
아니, 사뿐히 쓰러졌지.

혁혁거리며 숨을 뱉고 나니까 이야, 구름
위가 폭신폭신해서 기분이 너무 좋은 거야.
게다가 아까까지만 해도 회색이던 구름이
어느새 새하얗게 변해서 눈이 부실 정도였어.
정말 기분이 좋아서 할아버지도 모르게
꾸벅꾸벅 졸고 말았단다."

"구름 위에서 잤다고?"

"그렇다니까. 그러고 나서 눈을 떴는데, 앞에
아가씨가 서 있지 뭐냐."

"구름 위에 어떻게 아가씨가 있어?"

"궁금했지만 금방 알았어. 아가씨는
호랑이 가죽으로 된 수영복 같은 옷을 입고,

뽀글뽀글한 머리카락
사이로 뿔이 나 있었어.
알겠니?"
　"번개님인가?"
　"그래, 번개님, 아니
번개 아가씨였다.
아가씨는 할아버지를
번개 총각이라고 생각한 것 같았어. 할아버지도
호랑이 무늬 수영복을 입고 있었으니까."
　"큰일 났네."
　"그런데 네가 지금 큰일 났다고 생각하는
것보다 훨씬 큰일이 벌어졌지."
　"어째서?"
　"할아버지와 번개 아가씨가 첫눈에 서로

마음이 맞은 거야."

"서로 마음이 맞았다고?"

"그래, 마음이 맞아서 계속 함께 있었지.
함께 있다 보니 점점 더 마음에 들었어. 번개
아가씨는 비를 내리거나 번개 치는 일을
성실하게 했어. 그리고 무엇보다 마음씨가
착했지."

"번개 아가씨가 그런 일을 하고 있을 때, 할아버지는 뭘 했는데?"

"번개 아가씨가 하는 일에 인간이 손을 댈수는 없으니까, 구름 위에 엎드려 있었지."

"왠지 게으름뱅이 같은데."

"그렇지? 번개 아가씨의 어머니, 아버지도 그렇게 생각한 것 같아. 할아버지가 '번개 아가씨를 아내로 맞이하고 싶습니다.'라고 말했을 때, '게으름뱅이에게는 시집을 보낼 수 없네.' 하고 거절하셨지."

"그래서 어떻게 됐어?"

"번개 아가씨에게 고백했지. '사실 저는 인간입니다. 여기서는 저를 게으름뱅이 번개라고 생각하시는 것 같지만, 인간 세상에서는 솜씨가 뛰어난 장인이랍니다.
만약 인간이 싫은 게 아니라면, 저와 함께
인간 세상으로 도망가지 않으시렵니까?'
하고 말이야."

"그랬더니?"

"번개 아가씨가 이렇게 대답했지. '나는
좋아하는 상대가 인간이라고 해서 마음을
바꾸는 번개가 아닙니다.' 하고 말이야.
우하하하하."

"왜 그렇게 이상하게 웃고 그래."

"구름이 롯코산(일본 서쪽에 있는 산 :
옮긴이)에 걸렸을 때, 우리는 인간 세상으로
도망쳤지."

"그다음에는 어떻게 됐어?"

"같이 살았지. 그 번개 아가씨가 바로 네 할머니란다."

"그럼, 할머니는 인간이 아니었네."

"응, 인간으로 보였을 뿐이지."

"저기 걸린 사진에도 뿔은 없는데."

"머리카락으로 감춘 거지. 아무도 몰랐겠지만, 할아버지는 가끔 번개 아가씨의 뿔을 보았단다."

날마다 모험

할아버지가 나에게 물었다.

"여름 방학에는 집안일을 도울 생각이니?"

"뭔가 해야겠다고 생각은 하지……."

"할아버지는 말이야, 우편함에서 신문 가져오는 일을 했어."

나는 웃었다.

"그런 건 나도 할 수 있어."

"네가 간단하다고 생각해서 웃는 것도 이해가 가. 하지만, 그 당시에 할아버지가 어떤 집에서 살았는지 안다면 웃지 않고 오히려 놀랄걸."

"어떤 집에서 살았는데?"

"여기랑 달리 아주 큰 집에 살았지. 신문을 가지러 갔다 오는 건 모험 같은

일이었단다."

나는 '모험'이라는 말을 붙이기엔 지나치다고
생각했다.

"어떤 모험이었는지, 듣고 싶어?"

"응, 듣고 싶어."

"그렇다면 뭐, 거기 앉아 봐."

나는 할아버지 앞에 앉았다.

"아침에 일어나면 먼저 세수를 해. 체조하고
화장실에도 다녀온 뒤에 '뭐든지 가방'을
어깨에 메고 현관을 나서지."

"'뭐든지 가방'이 뭐야?"

"뭐든 넣을 수 있는 가방이야."

"가방 안에 뭐가 들었어?"

"그거야 신문을 가지러

가는 데 필요한 것들이지.”

"뭐가 필요한데?”

"그건 지금부터 들으면 알게 돼.”

"알았어, 들을게.”

"현관을 나가서 조금 걸으면 숲이 나왔어.”

"숲?”

"커다란 집이니까 정원도 넓을 거 아니냐.
숲도 있고, 강도 있지. 숲을 걷고 있으면
도깨비도 나왔단다.”

"숲이 있고, 도깨비가 나온다고?”

"깜짝 놀랐지?"

"당연하지. 그런데 그 도깨비는 좋은
도깨비야, 나쁜 도깨비야?"

"이야기에는 좋은 도깨비가 나오기도 하지만,
보통 도깨비라고 하면 좋은 도깨비는 아니지.
정원에 있던 것은 보통 도깨비였어."

"얼른 도망가야겠네."

"거기서 도망가면, 우편함에 신문을 가지러
못 가잖아."

그러네, 참.

"하지만 상대는 도깨비잖아. 어떻게 했어?"

"그래서 뭐든지 가방을 가지고 나온 거야."

"설마 모모타로(복숭아에서 태어났다는 일본 전래 동화의 주인공. 개, 원숭이, 꿩을 거느리고 '오니가시마'라는 상상의 섬으로 도깨비 사냥을 갔다고 한다 : 옮긴이)가 들어 있다고, 말하려는 건 아니지?"

할아버지는 잠깐 내 얼굴을 보았다.

"너 뭘 좀 아는구나. 그렇지만 뭐든지 가방은 모모타로가 들어갈 만큼 크지는 않아. 뭐든지

가방에서 꺼낸 것은 콩이란다. 콩을 여기저기
냅다 뿌렸더니 도깨비 녀석이 '항복, 항복'
하면서 도망갔어."

"약한 도깨비였군."

"아니, 콩이 강한 거지. 할아버지는 도깨비가
도망가는 걸 지켜보다가 더 깊은 숲속으로
걸어갔어. 그런데 슬슬 배가 고팠지."

"아침밥을 아직 안 먹었구나."

"그래서 경치 좋은 곳에 앉아, 뭐든지
가방에서 주먹밥 두 개랑 차가 들어 있는

물병을 꺼냈어.

　주먹밥 말고도 등 푸른 생선 가다랑어,
잘게 썬 단무지, 까나리조림, 그리고 멸치와
다시마로 우려낸 국물에 풀어서 부친
계란말이가 들어 있었어.”

　“먹는 건 자세히도 기억하고 있구먼.”

　“좋아하니까. 그걸 먹었더니 다시 걸을 수
있었어. 한동안 걸으니 무덤에 다다랐지.”

　“무덤! 그런 것도 있었어?”

　“정원이 넓었으니까. 할아버지 가족의

무덤 말고도, 그 주변에 살던 사람들 모두의
무덤이 죽 늘어서 있었어. 할아버지가 무덤에
도착했을 때, 갑자기 뒤에서 누가 말을 걸었어."

"무덤에서 누가 말을 걸었다고?"

"돌아보니 키가 큰 남자가 보였어. 검은색
옷을 입고, 머리카락은 뒤로 곱게 빗어 내렸지.
엄청나게 하얀 얼굴에 검은색 망토를 걸치고
씩 웃으니까 뾰족한 이빨 같은 게 보였어."

"그거, 드라큘라잖아?"

"맞아, 드라큘라야."

"잠깐! 아침이잖아. 드라큘라는 햇빛에
약하지 않아?"

"맞아. 드라큘라도 그 생각이 났는지,
박쥐우산으로 햇빛을 가렸어."

이상한 드라큘라 같으니라고.

"그래서 드라큘라가 뭐라고 했어?"

"드라큘라가 하는 말이라면 뻔하잖아.
'꼬마야, 피 좀 나눠 주지 않을래?'라고 했지."

"피를 나눠 주면, 할아버지도 드라큘라가
되는 거 아냐?"

"맞아. 나눠 줄 수 있다고 해도 나눠 주면
안 되지. 그런데 그때, 드라큘라가 쓱 다가오는
거야."

"큰일 났네."

"그럴 때는 뭐든지 가방이 있지."

"십자가라도 꺼낸 거야?"

"십자가도 좋았겠지만, 그때는 그게 없었어.
그래서 마늘을 꺼내서 드라큘라를 향해
집어 던졌지. 드라큘라가 마늘을 싫어하니까
박쥐우산으로 막더라. 햇빛을 마구 쬔

드라큘라는 순식간에 재가 되어 버렸어."

"드라큘라도 참. 박쥐우산까지 챙겨 가며
밖으로 힘들게 나오지 않았으면 좋았을 텐데."

"넌 참 착하다. 무덤을 빠져나가면 들판이
나오는데, 이 들판은 단숨에 달려가야 해.
언제 어디서 큰 뱀들이 무리 지어 나타날지
모르거든."

"한 마리만 나와도 무서운데, 큰 뱀들이
무리 지어서 나온다고?"

"큰 뱀들이 누가 왔다는 걸 알고 나란히

줄을 맞추지. 그사이에 냅다 빠져나가면 돼."

"나란히 줄을 맞출 때……."

"한 시간 정도 달리면……."

"한 시간이나……."

"우편함이 있는 곳에 도착해."

맞다, 할아버지는 우편함에 신문을 가지러
가는 중이었지.

"우편함에서 아침 신문을 꺼내서 뭐든지
가방에 넣고, 이번엔 들판이 아니라 사막으로
가지."

"들판도, 사막도 모두 정원에 있는 거야?"

"정원이 넓다니까 그러네. 그 집은 현관에서 우편함까지 엄청 멀다는 단점이 있지만."

"왜 들판으로 안 갔어?"

"들판에는 큰 뱀 무리가 나란히 줄을 맞추고 기다리고 있잖아. 그러니까 사막으로 단숨에 달려갔지."

"또 단숨에 달려갔어?"

"뭉그적거리면 전갈 무리가 습격해 올 테니까."

"뭐든지 무리 지어 다니네."

"제일 무서운 건, 한 마리 늑대 무리였지."

할아버지, 무리라면 한 마리가 아니잖아?

"아무튼 단숨에 달려가면 강이 나와. 강에서
무서운 것은 악어 무리야. 악어는 자고
있으니까 깨지 않게 살그머니 달려야 해.
할아버지가 살그머니 달릴 때였지. 뒤에서
누군가 큰 목소리를 내는 거야."

"이번엔 또 누구야?"

"갓파(어린아이 같은 모습을 한, 물속에
산다고 알려진 상상의 동물 : 옮긴이)였어.

'형, 씨름하자!'라고 떠들어서, 악어가 눈을
뜨려고 했지. 어떻게든 갓파의 입을 다물게
해야 했어. 곤란할 때는 역시 뭐든지 가방이지.
서둘러 스펀지를 꺼냈어."

"스펀지?"

"보송보송하게 마른 스펀지를 접시 같은
갓파 머리에 갓다 대. 그러면 스펀지가 물을
빨아들여서 갓파가 힘없이 주저앉아. 그사이에
도망을 가는 거야."

"현관을 나온 뒤로 엄청 시간이 지났겠네."

"그래, 벌써 점심때가 되었지 뭐냐. 강가의
경치 좋은 곳에 앉아 뭐든지 가방에서 점심
도시락과 물통을 꺼냈지."

"그런 것도 들어 있던 거야?"

"필요한 것은 모두 넣었으니까. 팥을 넣은
찰밥에 닭튀김, 우엉조림, 감자 샐러드 그리고
단무지도."

"단무지는 아침에도 먹었는데."

"좋아하니까. 도시락을 먹고, 또 한바탕
달려서 현관에 다다랐지."

"겨우 집에 돌아왔네."

"신문을 현관에 두면, 다시 출발 준비를 해야
해."

"어디로 출발하는데?"

"저녁 신문 가지러 가야지."

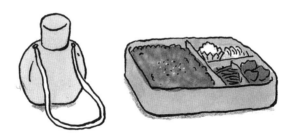

커다란 물고기

처음으로 할아버지와 낚시를 하러 갔다.
바닷가는 바람도 없어서 파도는 잔잔했고,
하늘은 파랬다.

한 마리를 낚았다. 필통 크기만 했다.

"크다."

내 말에 할아버지가 물고기를 양동이에
넣으며 고개를 끄덕였다.

"큰 편일지도 모르겠네. 하지만 정말로
크다는 건 이런 걸 말하지."

내가 물었다.

"어떤 거?"

"스마 수족관(일본의 수족관 중 하나 :
옮긴이)에 피라루쿠(민물고기. 몸길이는 최대
5미터, 몸무게는 200킬로그램에 달한다 :

옮긴이)라는 물고기 알고 있니?”

"알아. 그거 엄청 커.”

전에 본 적이 있는데 굉장했다.

"뭐, 큰 편일지도 모르지.”

할아버지는 미끼를 끼우면서 말했다.

"피라루쿠가 강에 사는 물고기 중에서 가장

크다고 알려졌지만, 사실 바다에는 그것보다
두 배나 큰 물고기가 있단다.”

“우와, 진짜 엄청나네.”

“뭐, 큰 편일지도 모르지.”

“그것보다 더 큰 게 있어?”

“미끼 크기부터가 피라루쿠의 두 배나 되는
녀석이니까.”

할아버지는 미끼가 금방 없어지자,
낚싯바늘에 다시 끼웠다.

“피라루쿠의 두 배나 되는 미끼라니…….
그건 어떤 바늘에 끼워?”

“너 정도 되는 큰 바늘에 끼우지.”

“나 정도 되는 바늘이라……. 연결하는
낚싯줄은?”

"줄다리기할 때 쓰는 밧줄 있지? 그만큼
두꺼운 거로."

"낚싯대는?"

"전봇대만 하지."

"그런 건 할아버지가 들 수 없잖아."

"그때는 힘이 셌으니까."

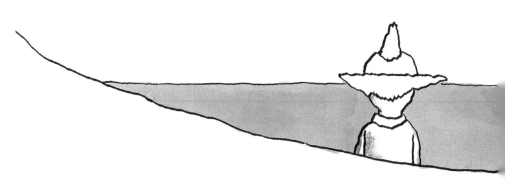

"이런 곳에서 그런 걸 잡았다고?"

"뭍에서 그런 물고기는 못 잡아. 배를 타고 넓은 바다로 나가지."

"어떤 배?"

"저런 배."

할아버지는 먼바다를 가로지르는 요트를 가리켰다.

"할아버지?"

"왜?"

"피라루쿠의 두 배나 되는 물고기를
미끼로 썼다고 했잖아. 나만 한 바늘에,
줄다리기 밧줄만큼 두꺼운 낚싯줄, 그리고
전봇대만 한 낚싯대로 잡는다고."
"그랬지."
"그런 걸 저런 요트에 싣고 갈 수 있어?"
"아무래도 힘들지. 요트가 금방
가라앉으니까."
"가라앉으면 안 되잖아."

"요트에 못 실으니까, 미끼로 쓴 물고기가
스스로 헤엄칠 수 있게 했지. 미끼용 물고기를
너만 한 바늘에 끼우고 밧줄로 단단히
동여맸어. 그리고 요트에서 바닷물 속으로
물고기를 늘어뜨려 끌어당겼지."
 "전봇대만 한 낚싯대로도 무거울 텐데."
 "두께가 전봇대 정도라는 거지 길이는 짧아.
이 정도."

할아버지는 손으로 바닥에서 무릎
정도까지의 높이를 가리켰다.
"그 정도면 의자 같겠네."
"잘 아는구나. 그걸 의자 삼고 앉아서
물고기가 걸려들기를 기다렸지."
"그래서 걸려들었어?"
"걸려들었지. 저 체육관 좀 봐라."
할아버지는 고개를 돌리더니, 마침 우리
뒤편에 있는 초등학교의 체육관을 가리켰다.
"저것만 한 물고기였어."
"우와, 엄청나게 큰데."
"뭐, 큰 편일지도 모르지."
"그거보다 큰 물고기가 있어?"
"요트 위에서 낚싯대를 온 힘으로 꽉 눌러야

했단다. 당연하잖니, 체육관만 한 물고기가
오른쪽, 왼쪽으로 왔다 갔다 헤엄칠 때마다
요트가 파도를 일으키며 달렸으니까. 그런데
갑자기 앞쪽 바다 색이 짙어졌어. 그러자
체육관만 한 물고기가 뱅그르르 반대편으로
돌더니 빠르게 도망치더라. 돌아보니 짙은 색
바다가 쏴아, 하고 다가오는 거야. 순식간에
체육관만 한 물고기가 짙은 색 바다에
삼켜졌지.”

“할아버지, 짙은 색 바다란 게 뭔데?”

“물고기지 뭐겠어. 너, 고시엔구장(일본의
야구장 : 옮긴이) 알아?”

“알아. 아주아주 넓은 야구장.”

전에 아빠랑 가 본 적이 있었다.

"바다가 짙은 색으로 바뀌었다고 생각했는데,
알고 보니 할아버지는 물고기 등 위를 지나가고
있었던 거야. 넓이가 얼추 고시엔구장만
했다니까. 그 녀석이 체육관만 한 물고기를
삼켜 버린 거였고."

"와, 진짜 큰 물고기였구나!"

"뭐, 큰 편일지도 모르지."

"아직도 더 큰 게 있어?"

"서서히 주위가 어두워질 때였어. 올려다보니
위쪽의 반은 완전히 파랗고, 나머지 반은
밤처럼 완전히 깜깜했어. 그 사이로 하얀
톱니바퀴가 보였지. 그건 이빨이었어!
물고기가 입을 벌리고 있었지. 야구장만 한
물고기를 먹으러 온 거야. 그건 안 된다는

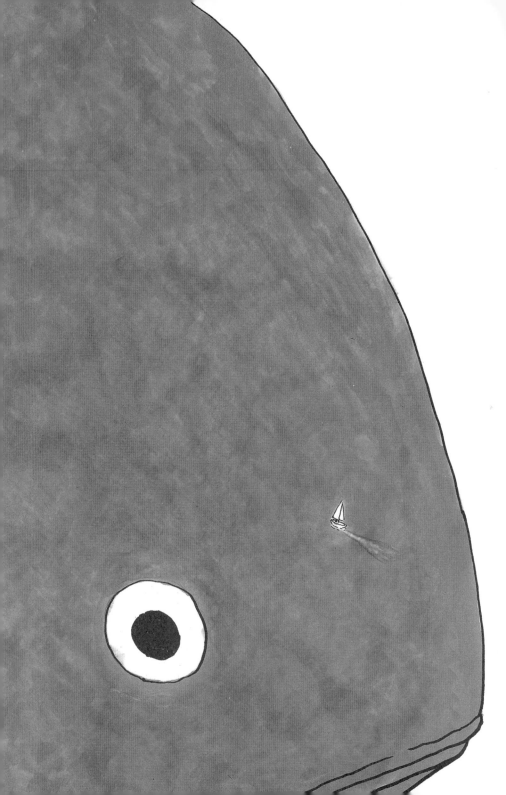

생각에 낚싯대를 바다에 냅다 던지고, 있는
힘을 다해 도망쳤어. 이게 할아버지가 본, 진짜
큰 물고기야. 하지만 세계는 넓단다. 그보다 더
큰 게 있을지도 모르지."

　결국 그날은 처음에 낚은 한 마리 말고는
잡지 못했다.

　나는 양동이를 보며 말했다.

　"난 이것도 크다고 생각하는데."

　할아버지도 양동이를 들여다보면서 말했다.

　"할아버지가 지금까지 낚아 올린 것
중에서는 가장 크네."

할아버지의 콩 주머니 던지기

벌써 오후 3시가 넘었다. 어디선가 듣기 좋은
노랫소리가 바람에 실려 왔다. 초등학교에서
들려오는 소리였다. 5, 6학년들이 아직도
운동회 연습을 하는 모양이었다. 아까부터 코를
쿵쿵거리던 할아버지는 나를 보더니 얼굴을
찌푸리며 말했다.

"해마다 저 음악이 들려올 때면 꼭
이렇다니까."

"엄마는 봄에 그러던데."

"꽃가루 알레르기가 있어서 그래."

"할아버지는 운동회 음악에 알레르기가 있어?"

내가 이렇게 말하자, 할아버지는 오우, 라고
말하며 천천히 고개를 끄덕였다.

"정말 저것 때문일지도 모르겠다."

그러고는 휴지로
코를 풀더니, 그걸
말아서 방구석에
있는 휴지통에 휙
던졌다. 휴지통은
할아버지가 앉아
있던 자리에서
열 걸음 정도
떨어져 있었다.
휴지가 두둥실
날아서 내 손바닥
정도 크기의
휴지통으로 쏙
들어갔다.

"와아, 기적이야!"

내가 돌아보자, 할아버지도 눈을 크게 뜨고 입을 벌렸다. 그런데 할아버지가 갑자기 이 정도는 식은 죽 먹기 아니냐는 얼굴을 했다.

"이런 건 기적도 아니지. 너 몰랐냐? 할아버지가 이런 거 아주 잘하는 걸?"

나는 몰랐다고 대답했다.

"할아버지는 사실 콩 주머니 던지기의 달인이었어."

"콩 주머니? 운동회 때 하는 거?"

"운동회 때 1, 2학년이 콩 주머니 던지기를 하잖니. 할아버지는 1학년 때 콩 주머니를 한 개도 못 넣었지만, 콩 주머니 던지는 걸 아주 좋아했단다. 이렇게 멋있고 재미있는 놀이는 없다고 생각했지. 너도 봐서 알지? 솟아오르는 공들이 공중에서 춤을 추는 것처럼. 그러다 콩 주머니가 들어가면, 얼마나 기분이 좋으냐? 그래서 어릴 적 할아버지는 2학년 운동회를 목표로 엄청나게 수행을 했지."

"수행이라……."

"먼저 초등학교 체육관 창고에 몰래 들어가서 청군과 백군의 콩 주머니를 열 개 빌려 왔어."

"그런 짓을 하면 안 돼."

"다음 운동회까지는 아무도 안 쓰잖아."

"그래도 안 되거든."

"어쨌든 곧장 뒷산 감나무에 갔어. 집에서 가져온 소쿠리를 나무에 묶은 다음, 거기에 콩 주머니를 던져 넣는 수행을 했지."

"참 재미있는 수행이네."

"처음엔 그냥 소쿠리를 겨냥해서 던졌어.
그런데 그것만으로는 성에 안 찼지."

"성에 안 찼구나……."

"요즘 초등학교에서 어떤 콩 주머니를
쓰는지 모르겠지만, 할아버지 때는 직접
집에서 만든 거라 콩 주머니 크기가 모두
달랐어. 무게도 다르고, 만질 때 느낌도
달랐지. 손에 잡자마자 바람의 방향과 세기를
생각하면서 던져야 했거든."

"거참, 어려운 일일세."

"무슨 일이든 쉬운 게 있더냐. 한데,
할아버지가 생각해도 기특한 게 비 오는
날이든 바람 부는 날이든 열심히 던졌더니

소쿠리에 넣을 수 있게 되었지 뭐냐."

"흠······."

"한자리에서 연속으로 콩 주머니 열 개를
넣으면 자리를 바꿨어. 거리도 달리했고. 소쿠리
높이도 바꾸고, 던지는 방법도 다양하게 했지.
오른손으로 하다가 왼손으로 바꾸고, 뒤를
돌아 던지고, 달리면서도, 뛰어오르면서도,
구르면서도 던지고. 나중엔 눈을 감고 백 번
던져도 백 번 다 들어갔지."

"오, 굉장한데."

"한번은 원숭이가 찾아왔지."

"백 번 던지면 백 번 다 들어가는 솜씨로
원숭이를 골탕 먹였구나."

"할아버지가 한 수행은 콩 주머니
던지기잖냐, 골탕을 먹이다니, 그런 폭력적인
행동은 하지 않았다고. 훨씬 평화로운 방법으로
부드럽게 던졌지. 원숭이가 쏙 받은 다음에는
다시 던져 주는 거야. 캐치볼을 한 거지."

"그게 더 재미있겠다."

"그렇지, 평화가 최고라니까."

"누구보다 열심히 수행했으니까, 2학년 운동회 때에는 사람들이 다 놀랄 만큼 잘했겠네."

"아니. 일주일 동안 폭우가 쏟아져서 운동회가 취소됐어."

"뭐야, 실망했겠다."

"그래, 실망해서 운동회 때 나오는 음악을 싫어하게 된 건지도 몰라. 결국 원숭이랑 캐치볼만 했잖니."

"휴지도 한 번에 넣을 수 있잖아."

"그렇지."

할아버지는 또 코를 킁킁거렸다.

"코 한 번 더 푸는 게 어때?"

"그래? 풀까?"

할아버지는 내키지 않은 표정을 짓다가 코를

풀었다. 그리고 나서,
아까보다 긴장한
모습으로 둥글게
뭉친 휴지를 던졌다.
휴지가 휴지통 안으로
쏙 들어갔다. 나와
할아버지는 순간
자리에서 일어났다.
눈과 입을 아까보다
더 크게 벌리고
서로를 마주 보았다.
우리는 손바닥을
마주치며 크게
웃었다.

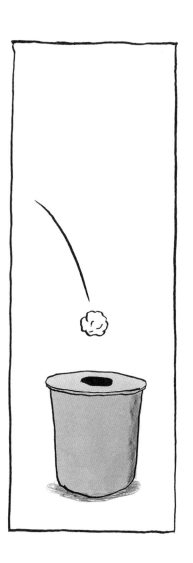

은혜 갚은 눈

아침에 일어나 밖을 보니 눈이 내리고
있었다. 밤사이에 내린 모양이다. 나는 내리는
눈을 보는 것도, 쌓여 있는 눈을 보는 것도
처음이었다. 아침밥을 먹은 뒤에도 2층
창가에서 계속 밖을 내다보았다.

할아버지도 어느새 내 옆에서 밖을 확인했다.

"눈 내리는 거 보고 있니?"

"눈, 예쁘다."

내 대답에 할아버지가 물었다.

"내리고 있는 눈이랑 쌓여 있는 눈이랑 어느
쪽이 예쁘냐?"

나는 잠깐 생각하고 나서 대답했다.

"쌓여 있는 눈. 눈이 내리고 있는 모습도
예쁘지만, 쌓여 있는 눈이 재미있기도 하고

무서운 것 같기도 해. 아무것도 섞이지 않아서
예쁜 거 같기도 하고."

할아버지는 감탄하는 듯했다.

"오, 그러니? 사실은 할아버지도 말이야,
너만 했을 때 쌓인 눈이 예쁘다고 생각해서
지켜 준 적이 있단다."

"지켜 주었다고?"

"응."

"쌓인 눈을?"

"그렇다니까."

"그런 얘기는 들어 본 적이 없는걸."

"할아버지도 이 얘기 하는 거, 처음이야."

"들려줄 거야?"

할아버지와 나는 의자를 가지고 와서

창문 앞에 놓고 앉았다.

"밤부터 아침까지 내린 눈이 쌓여 있을 때, 장화를 신고 밖으로 나갔지. 정말 근사하게 눈이 쌓여 있는 곳이 있었거든."

"근사하게 쌓여 있는 곳?"

"양옆과 앞이 나무판자로 둘러싸인 막다른 길이었단다. 차 한 대가 꼭 찰 정도였어. 거기 쌓여 있는 눈은 푹신푹신하고 새하얀 게, 마치 이 세상 것이 아닌 듯 빛났어. 발자국을 남기면 재미있을 테지만, 그곳은 인간이 더럽히면 벌을 받을 것 같다고 해야 할까, 아깝다고 해야 할까, 그런 기분이 들어서 가만히 서서 바라만 봤어."

길에 쌓인 눈 위로 발자국과 타이어 자국이 잔뜩 나 있었다. 나는 창가에서 아래쪽 길을 내려다보며 물었다.

"거긴 아무도 걷지 않았어?"

"아니, 발자국을 남기고 싶어 하는 녀석은
많았지. 눈이 잘 쌓이지 않으니까 누구든
밟고 싶었을 거야. 그때 이웃에 사는
골목대장이……."

"골목대장이라니……?"

"동네에서 가장 힘이 세고, 으스대는
녀석 말이다. 골목대장이 거기를 밟으려고
하지 뭐냐, 큰일 나기 전에 눈을 지키려고
녀석과 싸웠지."

"할아버지가 이겼어?"

"상대는 골목대장이잖아. 이길 리 없지."
"그럼 졌어?"

"죽을힘을 다했지. 졌다고도 생각 안 해."

"그럼, 비겼어?"

"싸움은 비겼다고 생각해. '휴, 지켰구나.'
하고 코피를 막으면서 눈을 바라보고 있는데
돌아온 골목대장이 살그머니 뒤로 와서
할아버지를 들이받지 뭐냐."

"비겁한 놈일세."

"힘들게 지켰지만 할아버지가 넘어지는
바람에 더럽혀졌어. 순간, 너무 한심해서
눈물이 나오지 뭐냐. 그때 눈이 잔뜩 묻은
귀 뒤쪽에서 목소리가 들렸어. '지켜 줘서
고마워.'라고. 돌아보니 아무도 없었지."

"신기한 이야기네."

"신기한 이야기지. 그런데 그런 일이

있었다는 것을 잊고 살다가 언젠가 생각났지.”

“언제?”

“할아버지가 통조림 가게에서 일했던 건
알고 있지?”

“젊었을 때?”

“젊었을 때는 통조림 가게에서 일하는 게
싫었어. 일하는 사람이랑 마음이 안 통해서.
그런데 거기서 일할 수 있게 소개해 준 분을
불편하게 만들면 안 되니까, 그만두겠다고
말하기가 힘들었어.”

“곤란했겠다.”

“마침 그때 눈이 내렸지. 할아버지는 눈을
보면서, 이 눈이 상상할 수도 없을 만큼 내려서
쌓이면 일하러 가지 않아도 될 텐데. 그렇게

되면 좋겠다고 생각했지. 바로 그때 눈송이 하나가 귀에 내려앉더니, '정말이야?' 하고 묻는 거야. 순간, 전에도 같은 목소리를 들은 적이 있다는 게 떠올랐지."

"눈을 지켜 주었을 때 들었던 그 목소리……?"

"그 목소리였어."

"그래서 눈이 엄청 내렸어?"

"엄청 내렸지."

"일하러 가지 않아도 될 만큼?"

"그 이상이었지. 눈의 무게 때문에 집에서 삐걱삐걱 소리가 났어. 지붕에 쌓인 눈을 치우지 않으면 집이 금방 무너질 정도였지. 서둘러 지붕에 올라가 눈을 치웠지만 엄청 힘들었어. 치우고 또 치워도 눈이 계속 내려서 쌓였으니까. 할아버지는 눈투성이가 된 채로 하늘을 향해서 외쳤지, 우리 집 위에는 안 내리게 해달라고. 그랬더니, 뒤에서 아까 그 목소리가 들리는 거야. '알았어.' 하고."

"정말? 그랬더니 눈이 집 위에는 안 내렸어?"

"그렇다니까."

"집 주변에만 쌓였어?"

"쌓이고, 쌓이고, 또 쌓였지. 5층짜리 건물 높이까지. 마치 우물 밑바닥에 집이 있는 것 같았어."

"그러면 나올 수가 없잖아. 뭐 먹고 살았어?"

"집에는 차고 넘칠 만큼 통조림이 있었어.
월급 일부를 통조림으로 받았으니까."

"그래도……. 추웠을 텐데."

"전기와 전화는 끊겼지만, 가스와 수도는
들어오니까 추워도 그럭저럭 견딜 만했어.
그것보다 눈으로 된 우물 밑바닥에 있으니
매일매일이 멋졌단다. 낮에는 위로 둥근
하늘이 보였는데, 아주 맑고 파랬지. 햇빛은
보이지 않았지만, 우물 위쪽으로 빛이

쏟아지면 반짝반짝 반사돼서 밑바닥까지
닿았어. 밤에는 별빛이 유리 같은 눈 벽에
반사돼서 바닥까지 내려왔지."

"흠⋯⋯."

"멋진 풍경을 계속 보고 있으니까, 다른
사람들은 어떻게 지내는지 궁금해졌어.
가게 사람들은 무사한지, 눈 때문에
건물이 무너지지는 않았는지.
마음이 안 통한다고 생각했는데,
나도 잘못한 게 있지 않을까⋯⋯.

그래서 눈으로 된 벽에 터널을 팠어.

그랬더니 건너편에서도 누군가 할아버지
쪽으로 파고 들어오는 소리가 들리는 거야.
기쁜 마음에 더 열심히 팠지. 드디어 구멍이
연결되고 가게 사람들 얼굴이 보이지 뭐냐.
할아버지가 걱정돼서 파고 들어온 거였대.
 터널 건너편으로 나왔을 때, 깜짝
    놀랐단다. 길가에 눈이 없었어. 눈이
     우리 집 주변에만 내렸거든. 우리
    집은 우물 밑바닥이 아니라 굴뚝
바닥이나 통조림 속 정도에 있었던 거지."
 "큰일을 겪었구나."

내가 이렇게 말하자, 할아버지는 "아니, 아니."
하면서 고개를 저었다.
　"눈이 은혜를 갚은 거라고 생각해."
　그러면서 고개를 끄덕였다.

초콜릿이 하나 가득

2월 14일이 되었다. 나는 엄마와 누나와
옆집에 사는 레나에게 초콜릿을 받았다.
탁자 위에 초콜릿 세 개를 놓고 가만히 보고
있었다. 뒤에 와 있던 할아버지가 말했다.

"밸런타인데이구나."

나는 돌아보며 물었다.

"할아버지가 어렸을 때도 밸런타인데이가
있었어?"

"그렇게 세련된 날은 없었지."

할아버지가 이어 말했다.

"……하고 생각할지 모르지만, 사실은 있었지."

"음, 있었구나."

"있었다는 건 또 아니고."

"무슨 소리야?"

"더 굉장한 날이 있었지."

"어떤 일?"

"듣고 싶으냐?"

"응, 듣고 싶어."

할아버지는 옆에 있던 의자에 앉으며 내게 물었다.

"밸런타인데이가 무슨 날이지?"

"여자가 남자에게 초콜릿을 주는 날?"

"여자가 아무에게나 초콜릿을 주는 건 아니야. 자기가 좋아하는 사람이나 내가 준 초콜릿을 먹었으면 좋겠다, 하는 사람에게 주는 거야."

"누나는 의리로 주는 거라고 하던데."

"뭐, 그런 경우도 있긴 해. 의리로라도 내가

준 초콜릿을 먹었으면 좋겠다고 생각하는
사람에게 주는 거지. 그런데 이 할아버지가
초콜릿을 먹었으면 좋겠다고 생각한 사람이
세상에 상상할 수도 없을 만큼 많았단다.”

“초콜릿을 많이 받았어?”

“그렇고말고. 2월 14일이 되면 할아버지는
큰 주머니가 달린 옷을 입고 가방을 비운 채로
학교로 갔어.

집을 나온 뒤 두세 걸음 걷지도 않았는데,
‘저기요.’라고 할아버지를 부르는 여자아이가
있었지.

돌아보면 ‘이거, 받아 주세요.’ 하면서 상자를
내미는 거야.”

“초콜릿이야?”

"초콜릿이었지.
고맙다고 인사한 뒤,
받아서 주머니에
넣었어. 그리고
다시 두세 걸음
걷다 보면 이번에는
전봇대 뒤에 있던
여자아이가 나와서
'저기요, 이거
받으세요.' 하며
또 작은 상자를
내밀었지."
　"초콜릿인가?"
　"초콜릿이지."

"초콜릿을 준 사람에게 고맙다고 인사하고
주머니에 넣었어?"

"물론이지. 그런 다음 두세 걸음 걸으니까
이번엔 우체통 뒤에 숨어 있던 여자아이가
나와서 상자를 내밀며 '저기요, 이거 먹어
주세요.' 했어."

"초콜릿이네."

"그래 맞아. 집에서 나와 학교에 도착할
때까지 모든 모퉁이란 모퉁이에, 전봇대란
전봇대에, 건물이란 건물 뒤에서 할아버지에게
초콜릿을 직접 건네주려고 기다리는
여자아이들이 있었으니까. 덕분에 빈 주머니가
어느새 꽉 찼단다."
"대단한데."

"아니지. 대단하다고
말하기에는 아직 일러.
학교에 도착하면 신발을
벗고 실내화로 갈아 신잖아.
신발장을 열었더니 거기에도
초콜릿 상자가 들어 있었지."

"신발장에 있었으면 누가
준 건지 모르잖아."

"상자 안에 편지가 함께 들어 있어서
누가 준 건지 알 수는 있지."

"아, 그런가."

"교실에 도착하니까 책상
서랍에도 초콜릿 상자가
잔뜩 있었어. 사물함 안에도.

교과서를 펼치니 그 안에도
초콜릿이 끼워져 있었단다.
그걸 보고 난 참 대단한
녀석이구나 생각했지.

필통을 여니까 거기에도
연필 모양의 초콜릿이
나란히 놓여 있었어. 혹시
비가 올까 봐 학교에 놓고 다니는 우산이 하나
있었는데, 안쪽이 살짝 부풀어 있는 것 같았어.
안을 들여다봤더니, 우산 모양의 초콜릿이
있지 뭐냐.

그런데 이게 다가
아니야. 그림물감
상자를 열었더니

거기에는 물감
모양의 초콜릿도
있었어. 요새도
그런 것이 있나?"

"진짜 굉장한데."

"아니, 아직 굉장하다고 할
단계는 아니지. 이렇게 할아버지한테 직접
초콜릿을 건네줄 수 있는 여자아이는 그래도
괜찮은 편이야. 하지만 세계는 넓잖니."

할아버지는 먼 곳을 바라다보는 아득한
눈으로 천장을 보았다.

"세계……?"

"세계에는 브라질에 사는 일본 사람도
있고, 홋카이도(일본 북쪽의 큰 섬 : 옮긴이)나

오키나와(일본의 화산섬 : 옮긴이)에 사는
사람도 있으니까."

"거기 사는 사람들이 할아버지를 알고
있다고?"

"할아버지에게 초콜릿을 줘야겠다고 그
사람들이 생각했다면, 벌써 보내지 않았겠니?"

"초콜릿을 보냈다고? 우편으로?"

"그래, 세계 곳곳에서 물밀듯이 우편이나
소포로 초콜릿을 보내왔지."

"엄청났겠네?"

"그거야 뭐, 보통 일이 아니었지. 결국
우편함에 초콜릿을 다 넣을 수가 없어서
문 앞에 임시로 건물을 세웠으니까."

"그 건물 안에 초콜릿을 넣어 둔 거야?"

"아니, 건물 앞에는 임시로 고용한 사람이
전 세계에서 보낸 초콜릿을 받기 위해 도장을
들고 서 있었지. 앉아서 하라고 할아버지가
옆에 의자를 놓아두었지만, 끊임없이 도장을
찍고 물건을 받아야 해서 앉기 힘들었어."
"끊임없이……."

"그 사람이 접수한 초콜릿을 운반 담당자가
창고로 옮겼지."

"창고가 있었어?"

"대문 바로 안쪽 창고에 선반이 많아서
초콜릿을 빼곡히 쌓아 두었어."

"빼곡히……."

"그런데 우편이나 소포로 온 것은 좀
평범했지."

"평범하지 않은 것도 있었어?"

"예를 들어 비행기를 타고
와서 낙하산에 상자를 묶어서
떨어뜨리기도 하고, 통신용
비둘기 목에 아주 작은 초콜릿을
걸어서 나르기도 했지. 그중에서

 특이한 것은 파발꾼을 통해
초콜릿을 보낸 사람이었단다.
파발꾼은 옛말로 우편물을
배달하던 사람이야."

"정말 평범하지 않네."

"전 세계에서 보내 준 거니까 초콜릿의
종류도 여러 가지였단다. 하와이에서는
파인애플 초콜릿을, 러시아에서는 보드카
(러시아의 대표적인 술 : 옮긴이) 초콜릿을,
일본 나고야에서는 된장 초콜릿……."

"된장 초콜릿……."

"해마다 밸런타인데이가 되면 늘 이랬지."

"할아버지."

"왜?"

"그렇게 많은 초콜릿은 나중에 어떻게 했어?"

"어떡하긴, 초콜릿이니까 먹어야지."

"창고에 엄청 쌓여 있었잖아."

"아무리 많아도 할아버지가 먹었으면
좋겠다는 마음이 하나하나 담겨 있잖아.
그 마음에 보답하고 싶었어."

"그래서 다 먹었다고?"

"아침, 점심, 저녁 후식은 초콜릿을 먹었지. 오전과 오후 간식, 야식도. 어때, 그림으로 그린 것처럼 행복해 보이지?"

"초콜릿만 먹으면 싫을 것 같은데?"

할아버지는 씩 웃으며 고개를 저었다.

"아니. 원래 초콜릿을 좋아하니까."

"초콜릿을 다 먹는 데 얼마나 걸렸어?"

"아무리 계산을 해도 1년 동안에 다 먹을 수가 없겠더구나."

"또 많은 초콜릿을 받을 테니까."

"그때 도와준 사람이 할아버지의 할아버지란다."

"할아버지한테도 할아버지가 있었다고?"

"당연하지. 할아버지의 할아버지도 초콜릿을 좋아해서 반은 할아버지가 드셨어. 딱 1년 만에 없어지더라."

"참, 말씀도 잘하시네. 할아버지의 할아버지도 기쁘게 드셨다는 거구나."

탁자에 있던 초콜릿을 나와 할아버지 사이에 놓았다.

"이거, 반 먹을래?"

할아버지는 행복해 보이는 얼굴로 말했다.

"아직 창고에 안 쌓였으니까, 한 조각씩만 줘도 돼."

소원이 이루어지는 길모퉁이

가족 여행 갔을 때의 일이다. 할아버지와
나는 료칸(일본의 전통적인 숙박 시설 : 옮긴이)
근처를 산책하기로 했다.

그런데 할아버지 걸음걸이가 좀 특이했다.
길을 가다 모퉁이가 나오면 진지한 얼굴을
하고 모퉁이를 돌았다. 조금 전까지 재미있는
이야기를 하다가도 길모퉁이만 나오면 입을
꾹 다문 채 '흠' 하고 힘을 넣은 다음 다시
걸어갔다.

나는 궁금한 걸 못 참고 물었다.

"왜 그렇게 걸어?"

할아버지는 내가 물어봐 주기를 기다린
것처럼 뿌듯한 얼굴로 말했다.

"소원이 이루어지는 길모퉁이를 찾고 있지."

할아버지의
이야기가 다시
시작되었군.

"혹시 들어 본
적 없니, 소원이
이루어지는
길모퉁이라고?"
나는 고개를
저으며 "없어."
하고 대답했지만,
가슴이 두근거렸다.
"이 세상에는 셀 수 없을 만큼 많은
길모퉁이가 있지. 그중에는 소원이
이루어지는 길모퉁이도 있단다."

"소원이 이루어지는 길모퉁이……?"

"그래. 모퉁이를 돌 때 소원을 빌면, 돌자마자 소원이 이루어지는 거야."

잘도 이런 걸 생각해 냈군.

나는 할아버지에게 물었다.

"할아버지가 길모퉁이를 돌아서 소원을 비니까 이루어진 적이 있다는 거야?"

할아버지는 고개를 끄덕였다.

"그럼, 있고말고."

때마침 공원이 나와서 우리는 긴 의자에 앉기로 했다.

"젊었을 때 할아버지는 혼자 아파트에 살았어. 그곳은 초등학교 다닐 때 살던 동네라, 어차피 집을 얻을 거라면 익숙한 동네가

낫겠다 싶었지.

　11월에 이사해서 날씨가 슬슬 추워지고 있었어. 당시 할아버지가 살던 아파트는 3층 높이의 건물이었는데, 빨래는 옥상에 널었단다. 옥상에는 아파트 주인이 돌보는 화분이 놓여 있었지. 빨래를 널러 옥상에 갈 때마다 온실을 들여다보았단다.

　화분에 핀 꽃이 마음에 들어서였냐고? 그건 아니고, 그렇게 따사로운 곳에서 낮잠을 자면 얼마나 기분이 좋겠니.

　2월 말이었나, 하늘은 맑지만 찬 바람이 부는 날이었단다. 밖에 나갔다가 아파트로 돌아오는 길이었지. 아파트 바로 옆에는 돌담을 두른 오래된 집이 있었는데, 그 집 모퉁이를 돌면서 이런 생각을 했지.

'이런 날에 그 온실에서 낮잠을 자면 얼마나 기분이 좋을까…….' 하고.

그런데 마침 맞은편에서 집주인이 걸어오는 거야. 그리고는 이렇게 말하더라.

'언제나 온실을 오랫동안 들여다보던데, 당신에게 그 온실을 줄게요.'라고.

아파트는 아들에게 물려주고 자기는 시골로 내려가기로 했다지 뭐냐. 그래서 할아버지는 온실을 맡게 되었고, 거기 들어가 낮잠을 잘 수 있게 되었단다."

"에이, 거짓말."

"정말이야. 다음에 온실 사진 보여 줄게."

"우연이겠지."

"할아버지도 처음에는 그렇게 생각했어. 생각한 일이 때마침 현실에서 일어난 것뿐이라고. 그런데 온실에서 낮잠을 자다가 문득 초등학교 때 일이 떠오른 거야."

"초등학교 때, 무슨 일이 있었어?"

"있었지."

할아버지는 긴 의자 등받이에 기대고 있던 몸을 일으켰다.

"할아버지가 초등학생 때 살던 집도 그 길모퉁이 근처에 있었거든. 학교나 역에 갈 때 그 길모퉁이를 지나야 했어.

2학년 때였나, 개를 데리고 걸어가는 아이를
스쳐 지나는데, 그 개가 너무 귀엽더라고.
'개를 키우고 싶다.' 하면서 걷는데, 마침
그 길모퉁이 앞인 거야. 그때 맞은편에서
할아버지의 아버지가 걸어오시더라. 상자
하나를 들고 말이야.

　맞아, 그 상자 안에는 강아지가 들어 있었어.
할아버지는 아버지한테 이렇게 말했지. '지금
이 길모퉁이를 돌면서 개를 키우고 싶다는
생각을 했어.'라고. 그랬더니 아버지가 웃으며
말했지. '소원이 이루어지는 길모퉁이로구나.'
할아버지는 아버지가 참 멋있는 말을 했다고
생각했지."

　"농담으로 한 말 아니야?"

"아마 농담이었을 거야. 설마 그런
길모퉁이가 정말로 있을 리가 없을 테니까.
우연히 그렇게 된 것뿐이라고 생각했지.
그래도 초등학생인 할아버지는 길모퉁이를 돌
때마다 그 일을 떠올릴 수밖에 없었어."

"온실이랑 강아지를 갖게 됐으니까 두 가지
소원이 이루어진 거네?"

"그런 셈이지."

"정말 둘 다 우연이었을지도 모르잖아."

"할아버지도 그렇게 생각했어. 그래서
그것이 우연인지 아닌지 시험해 봐야겠다고
생각했지."

"어떻게?"

"들어주기 힘든 소원을 빌면 어떨까 싶었지.

그래서 '하늘을 날고 싶어요.' 하고 빌면서
길모퉁이를 돌았단다."

나는 하늘을 나는 것은 불가능하다고
생각했다.

"그런 소원을 빌면서 길모퉁이를 도는데,
맞은편에서 친구가 싱글벙글하면서 다가오는
거야. 제비뽑기에서 특별 상품인 '2인 홋카이도
관광'에 당첨돼서, 함께 가자고 얘기하러 오는
길이었대. 할아버지는 태어나서 처음으로
비행기를 타고 하늘을 날았지."

나는 깜짝 놀랐다.

"어쩌면 진짜로 소원이 이루어지는
길모퉁이인가 본데."

"할아버지도 그렇게 생각했지만, 금방

무서워지더라. 어설픈 소원을 비는 데 이
길모퉁이를 이용해서는 안 된다고 생각했지.”

"왜? 몇 번이라도 빌어서 하고 싶은 거 다
하면 좋은 거 아냐?”

"처음에는 그랬지만 뭐든지 다 이루어지면
한심하고 이기적인 사람이 될 것만 같았어.”

"그런가.”

"그 뒤로 길모퉁이에서 소원을 빈 것은 딱
한 번뿐이었어. 그 일만큼은 할아버지
힘으로는 도저히 안 될 것 같아서.”

"무슨 소원을 빌었는데?”

"할머니가 아주 아파서 낫게 해 달라고
빌었지.”

"그래서 나았어?”

"그 소원이 이루어졌으니까 네 아버지가
태어났고, 너도 태어날 수 있었던 거야."

"그 길모퉁이 어디에 있어?"

"지진으로 길이 무너져서 지금은 없어.
그런데 할아버지 힘으로는 도저히 안 될 것
같은 소원이 최근에 생겨서 말이다. 어쩌면
그런 길모퉁이가 또 있지 않을까 하고, 소원을
빌면서 길모퉁이를 돌고 있다는 거 아니냐."

"어떤 소원인데?"

할아버지는 후후후, 하고 웃더니 말했다.

"그건 말 못 하지."

끝.

《소원이 이루어지는 길모퉁이》는 할아버지가 초등학교에 다니는 손자에게 들려주는 일곱 편의 이야기를 모은 책입니다. 할아버지는 손자와 이야기를 나누다 실마리를 발견하면 얼른 자신이 옛날에 경험한 일을 재미있게 엮어서 들려줍니다. 손자는 할아버지의 이야기가 얼마간 거짓이고 터무니없다는 것을 알면서도 계속 빠져들지요. 저도 감쪽같이 빠져들었으니까, 이 책을 읽는 여러분도 빠져들게 될 것 같아요.

일본의 아동문학가인 오카다 준은 초등학교에서 미술(공작)을 가르쳤고, 어린이들과 친밀합니다. 그래서인지 어린이들이 좋아하는 독특하고 풍부한 상상력이 담긴 작품 세계를 보여 주는 작가로 잘 알려졌지요. 황당무계한 이야기를 능청스럽게 들려주는 할아버지와 그걸 반은 믿고 반은 의심하면서도 이야기에 빠져들고 마는 손자가 등장하는 이 책에서처럼 말이에요. 여러분도 이 책을 읽는 동안 머릿속으로 이야기를 상상하며 따뜻하고 소박한 삶의 지혜를 얻을 수 있지 않을까 기대해 봅니다.

요즘 어린이들은 조부모님과 함께 살지 않고, 1년에 몇 번 뵙기도 어렵지요. 하물며 할아버지가 들려주는 이야기를 들을 시간을 갖는 것도 더 힘들 텐데요. 이 책을 통해 할아버지와 이야기를 나누는 것이 얼마나 즐거운 일인지 전달할 수 있어서 다행이라고 생각해요. 손자가 던진 한마디 말로 현실과 상상의 경계를 넘나드는 생생한 이야기를 만들어 내는 멋진 이야기꾼 할아버지, 그걸 아는 듯 모르는 듯 할아버지와 척척 박자를 맞추며 이야기를 완성하는 손자. 여러분도 이 책에 등장하는 손자가 되어 상상 속의 할아버지와 여러분만의 이야기를 만들어 보면 좋겠습니다.

김미영